AF454514

Étude de Mᵉ **A. PECQUERIE,** Commissaire-Priseur à Versailles.

CATALOGUE

DE

TABLEAUX

Anciens et Modernes

MEUBLES ANCIENS ET MODERNES

Des temps ou de style Louis XIII, Louis XIV, Louis XV, Louis XVI

Meubles d'atelier, Chevalets, Mannequin femme

FAIENCES ANCIENNES ET QUELQUES PORCELAINES

Des fabriques de Saint-Amand, Delft, Flamandes et Hollandaises
Marseille, Moustiers, Nevers, Rouen, Sainceny, Strasbourg, Saint-Cloud
Chine et Japon

GRÈS ÉMAILLÉS

BONNE TAPISSERIE DES FLANDRES

Paysage à oiseaux, avec toute sa bordure, mesurant 5 mètres de largeur et 2 m. 40 c. de hauteur.

PENDULES, BRONZES, TERRES CUITES

Objets divers, de vitrine et autres, en nombre

Livres anciens et modernes concernant la Littérature
et les Beaux-Arts, **Livres illustrés,** etc.

Le tout ayant fait partie de la Collection de

M. **G...,** membre honoraire de la Commission du Musée de Douai

Dont la vente aux Enchères publiques aura lieu

Au Chesnay, près Versailles, rue Dufétel, nº 7

Les Lundi 23, Mardi 24, Mercredi 25 Juillet 1906

Et jours suivants, s'il y a lieu

A DEUX HEURES

Par Mᵉ **A. PECQUERIE,** Commissaire-Priseur à Versailles, 9, rue
Sainte-Geneviève; assisté de M. **Georges MEUSNIER,** expert
auprès des tribunaux de la Seine, 22, rue Saint-Augustin, à Paris.

EXPOSITION PUBLIQUE

Le Dimanche 22 Juillet 1906, de 2 heures à 5 heures

Étude de M⁰ **A. PECQUERIE**, Commissaire-Priseur à Versailles.

CATALOGUE

DE

TABLEAUX

Anciens et Modernes

MEUBLES ANCIENS ET MODERNES

Des temps ou de style Louis XIII, Louis XIV, Louis XV, Louis XVI

Meubles d'atelier, Chevalets, Mannequin femme

FAIENCES ANCIENNES ET QUELQUES PORCELAI

Des fabriques de Saint-Amand, Delft, Flamandes et Hollandaise
Marseille, Moustiers, Nevers, Rouen, Sainceny, Strasbourg, Saint-Cloud
Chine et Japon

GRÈS ÉMAILLÉS

BONNE TAPISSERIE DES FLANDRES

Paysage à oiseaux, avec toute sa bordure, mesurant 3 mètres de largeur et 2 m. 40 c. de hauteur.

PENDULES, BRONZES, TERRES CUITES

Objets divers, de vitrine et autres, en nombre

Livres anciens et modernes concernant la Littérature
et les Beaux-Arts, **Livres illustrés**, etc.

Le tout ayant fait partie de la Collection de

M. **G...**, membre honoraire de la Commission du Musée de Douai

Dont la vente aux Enchères publiques aura lieu

Au Chesnay, près Versailles, rue Dufétel, n° 7

Les Lundi 23, Mardi 24, Mercredi 25 Juillet 1906

Et jours suivants, s'il y a lieu

A DEUX HEURES

Par M⁰ **A. PECQUERIE**, Commissaire-Priseur à Versailles, 9, rue
Sainte-Geneviève ; assisté de M. **Georges MEUSNIER**, expert
auprès des tribunaux de la Seine, 22, rue Saint-Augustin, à Paris.

EXPOSITION PUBLIQUE

Le Dimanche 22 Juillet 1906, de 2 heures à 5 heures

CONDITIONS DE LA VENTE

Elle sera faite expressément au comptant.

Les acquéreurs paieront 10 p. 100 en sus du prix d'adjudication.

L'Exposition mettant le public à même de se rendre compte de l'état et de la nature des tableaux, des cadres et autres objets, il ne sera admis aucune réclamation après l'adjudication prononcée.

L'ordre des numéros du Catalogue ne sera pas suivi.

ORDRE DES VACATIONS

Lundi : Les Tableaux et partie des Faïences et Objets de curiosité.

Mardi : Le surplus des Faïences, la Tapisserie et les Meubles anciens.

Mercredi : Le Mobilier et Objets modernes. — *A trois heures :* Les Livres.

Jeudi : Le Matériel d'amateur.

LE CATALOGUE SE TROUVE

A Versailles, chez Mᵉ A. PECQUERIE, 9 rue Sainte-Geneviève ;

Et à Paris, chez M. GEORGES MEUSNIER, expert, 22, rue Saint-Augustin.

DÉSIGNATIONS

TABLEAUX

Par ou attribués à

J. VAN BALEN

1. — Les Filles de Loth.
2. — L'Enlèvement.

M. BREDT

3. — La Naïade et le Triton.

BREUGHEL (le Vieux)

4. — Circé l'Enchanteresse.

   Dans un paysage boisé, l'Enchanteresse est assise à
   l'ombre de grands arbres; à distance, des animaux
   variés l'écoutent et l'admirent encore, tandis qu'un
   cochon, debout et le corps ceint d'un large ruban
   rouge, s'approche d'elle. Il semble être Ulysse mettant
   à exécution les conseils du messager de Mercure.

JACQUES CALLOT (?)

5. — Scène mythologique : Le Débarquement
   d'Ulysse.

CARRACHE (Ecole des)

6. — Vénus trempe les armes de l'Amour.

C. COROT

7. — Esquisse originale d'un de ses tableaux.
   Dessin au fusain.

Mlle DECAN

8. — Le Mariage mystique de Sainte Catherine.
Copie d'après Le Corrège (Louvre).

S. FREUDENBERGER

9. — La Félicité villageoise.

GIAMIEL (Fiamengo)

10. — Les Mangeurs de macaroni.
11. — Intérieur de Cabaret.

INCONNUS

12. — La Sainte Face.
Peinture sur cuir.
L'Adoration des Mages.

ISAAC

13. — Etude.

LECLÈRE DES GOBELINS

14. — La Fille curieuse.
15. — Les Indiscrets.
Pendant du précédent.

LEFEBVRE (Georges)

16. — Intérieur d'Atelier.

P. VAN MOL

17. — L'Adoration des Mages.
Gouache.

MOMPER ET TENIERS (le Vieux)

18. — Tentation de Saint Antoine.

> Saint Antoine est en méditation à gauche d'un site sauvage : une vieille essaie la tentation à l'aide d'une jeune femme qu'elle lui présente, tandis que s'esclaffent des animaux grotesques.

PHILBERT DE TRAPIER

19. — La Vierge et le divin Enfant avec un mouton.

> Gouache, cadre bois sculpté.

SCHALKEN

20. — La Bonne Aventure, effet de nuit.

A. WATTEAU (Ecole de)

21. — Le Tir à l'Arc.

ÉCOLE FLAMANDE

22. — Tentation de Saint Antoine.

> Cadre bois sculpté.

ÉCOLE FRANÇAISE

23. — La Fileuse.

24. — Scène champêtre.

25. — La Vierge et l'Enfant.

> Cadre bois sculpté.

26. — Portrait d'une Dame de qualité.

> Peint en façon de miniature, cuivre.

27. — Didon, reine de Tyr.

> Peinture allégorique, époque du XVIIe siècle.

ÉCOLE DE LILLE ET VALENCIENNES

28. — Un Panneau de triptyque, primitif français, représentant Hérodiade.

   Composition de sept personnages : pour fond, la scène de la décollation de Saint Jean-Baptiste.

   Au revers de ce volet, figure droite de Saint Séverin.

ÉCOLE HOLLANDAISE

29. — La Ronde au Cabaret.
   Cadre bois sculpté.

30. — Les Buveurs.
   Cadre bois sculpté.

31. — La Cuisinière hollandaise.
   Peinture sur bois.

ÉCOLE ITALIENNE

32. — Réjouissances de nuit à Naples.

33. — Portrait de Napoléon Ier.
   Médaillon soufre teinté terre cuite (avarié).

34. — Anciennes divinités de l'Inde.

   Peintures hindoues en fixés sur verre, deux sujets se faisant pendant.

   Et un lot de sept pièces analogues (avarié).

ÉCOLE ANGLAISE

35. — L'Heureuse Famille.

36. — La Famille malheureuse.
   Gravures en couleur.

37. — Le Baptême de Jésus.
   Gravure, cadre bois sculpté.

FAIENCES ET PORCELAINES

38. — Assiette en faïence, fabrique de Saint-Amand.

39. — Deux Plats en faïence d'Arras, au marli contourné, style Louis XV.

40. — Base d'épi en terre vernissée (fabriques de
Bourgogne), formée d'une tête de femme en
saillie de ronde bosse au centre avec encoi-
gnures en ailes accolées, époque Henri II,
pièce rare et curieuse.

41. — Deux Assiettes en faïence de Delft, décor polychrome.

42. — Un Plat en faïence de Delft, décor bleu; au
centre : un paon.

43. — Un autre, décor polychrome, même fabrique.

44. — Un Plat à saucisses, même fabrique, décor
polychrome, figure assise tenant une corne
d'abondance.

45. — Un autre, même fabrique, décor ton lilas.

46. — Un autre, même fabrique, décor à personnages.

47. — Un autre, même fabrique, décor à personnages.

48. — Un autre décor, tons verts.

49. — Un autre, sujet chinois à petits personnages.

50. — Un Vase porte-bouquets, même fabrique, avec
médaillon au centre et inscriptions à droite
et à gauche (initiales des princes d'Orange).

51. — Un autre, même fabrique, décor polychrome.

52. — Un autre, même fabrique, décor bleu ; à l'ombilic, un paon.

53. — Un autre, même fabrique, décor bleu, sujet
à personnages.

54. — Un autre, même fabrique, décor bleu.

55. — Deux Cornets, faïence de Delft, décor polychrome.

56. — Deux Bouteilles, faïence de Delft, décor polychrome.

57. — Une Sucrière à poudre, faïence de Delft, décor
polychrome

58. — Plaque en faïence de Delft : Adam et Eve au
Paradis terrestre.

59. — Une autre, même fabrique, avec armoiries,
datée 1759.

60. — Un Pichet, même fabrique, décor bleu.

61. — Un Pot à lait flamand daté 1687.

62. — Plaque en faïence hispano-mauresque, avec
inscription AVE MARIA.

63. — Un Pot porte-tulipes en faïence hollandaise.

64. — Un Pot à tabac faïence hollandaise, marque :
B. P.

65. — Un Pot à pharmacie, fabrique inconnue.

66. — Un grand Plat en faïence italienne (Savone),
décor bleu, à hauts reliefs de coquistes et
bustes de femmes.

67. — Deux petits Pots à pharmacie à ventre ren-
trant, faïence italienne.

68. — Un Plat en faïence italienne, décor bleu et
jaune, marli à godrons.

69. — Un Encrier, même fabrique, lequel est à cinq
compartiments.

70. — Deux Cornets en faïence italienne.

71. — Un Encrier faïence italienne, marque du mar-
quis de Ginori.

72. — Un Plat, faïence italienne, décor jaune.

73. — Un Pichet, faïence italienne.

74. — Un Vase, faïence italienne; décor : le Sacrifice
d'Abraham.

75. — Un grand Plat, fabrique de Naples ; sujet :
Diane et Jupiter.

76. — Une Assiette faïence italienne, signée Gettari
Isaco. S. 68.

77. — Deux Figurines en grès émaillé, fabrique italienne : petit Bacchus et fillette aux pampres.

78. — Deux *Literons*, faïence de Lille.

79. — Une Soupière en faïence de Marseille, décor
de fleurs.

80. — Un petit Plat à fruits en faïence de Moustiers,
décor à armoiries.

81. — Assiette en faïence de Moustiers, sujet chinois, décor jaune.

82. — Petite Soupière Louis XV et son plateau.

83. — Un Vase porte-bouquet, faïence de Nevers.

84. — Grande et belle Fontaine en faïence de Nevers,
décor bleu; sujet de paysage, marine et per-
sonnage.

85. — Un Plat, même fabrique.

86. — Une Ecuelle à bouillon, même fabrique.

87. — Pot à surprise, décor bleu, même fabrique.

88 — La Vierge et l'Enfant, même fabrique.

89. — Une Gourde en faïence de Nevers, signée Pierre Lamy, 1760.

90. — Une Ménagère en faïence de Nevers, composée d'un cavalier passant sur un tertre entre les deux burettes.

91. — Un Plat en faïence de Saint-Omer, époque de la Révolution : *Vive la Nation!*

92. — Un Plat ovale, genre de B. Palissy.

93. — Jésus et la Madeleine, genre de B. Palissy.

94. — Belle Soupière faïence de Rouen, à la corne, avec son plateau.

95. — Bannette, même fabrique.

96. — Un Plat, même fabrique, décor Louis XV, sujet à personnages.

97. — Pichet, même fabrique, décor polychrome.

98. — Deux Pots à pharmacie, même fabrique, décor bleu.

99. — Une Fontaine, forme dauphin, même fabrique, décor bleu.

100. — Plat octogonal, faïence de Rouen, décor polychrome.

101. — Un autre, de forme ronde, décor au pavillon chinois, à la crevette, au marli quadrillé, polychrome.

102. — Un Plat en faïence de Rouen, à la double corne, perroquet et papillon, décor polychrome.

103. — Un Plat creux oblong, décor à la corne tronquée.

104. — Une Assiette, même fabrique, décor à la corne.

105. — Une autre, même fabrique, au marli quadrillé en lambrequin.

106. — Une Assiette à fruits en faïence de Rouen, à la corne, signée P. X.

107. — Un Plat hexagonal, même fabrique, belle rosace à l'ombilic, marli à grand quadrillé.

108. — Petite Assiette au coq gaulois, même fabrique.

109. — Plat ovale, au marli contourné, décor polychrome, même fabrique.

110. — Un Pichet normand, même fabrique.

111. — Un Plat octogonal, même fabrique.

112. — Fontaine, même fabrique.

113. — Une autre, même fabrique.

114. — Un Plat, même fabrique, décor polychrome, en forme de lambrequin.

115. — Belle Assiette, à armoiries, même fabrique.

116. — Un Plat en faïence de Sainceny, décor de fleurs et d'oiseaux.

117. — Une Assiette, même fabrique, dite assiette à fruits.

118. — Une Soupière, faïence de Strasbourg.

119. — Un Porte-Bouquet, même fabrique, décor au chinois.

120. — Un Saladier, faïence de Strasbourg.

121. — Deux Buires en grès de Flandres.

122. — Un Grès de Flandres, daté 1567.

123. — Un autre, de Flandres, daté 1626.

124. — Un autre, de Flandres, sans date.

125. — Dragon en grès émaillé de la Chine, socle refait et réparé.

126. — Petit Pot à pommade en ancienne porcelaine de Saint-Cloud, marque au Soleil.

127. — Petit Plateau sur pied en porcelaine de Chine (Compagnie des Indes).

128. — Une Coupe en porcelaine de Chine montée en bronze.

129. — Deux Cornets en porcelaine du Japon, décor polychrome.

130. — Un Plat oblong en ancienne porcelaine du Japon.

MEUBLES

131. — Grand Meuble style Renaissance, à demi-colonnes cannelées, et sculpté; il est orné de figurines de femmes en bas-reliefs.

132. — Grande Armoire à linge en bois sculpté, d'époque Louis XIII, avec ses anciennes ferrures et serrure.

133. — Meuble à hauteur d'appui, orné de riches sculptures, style Louis XIII.

134. — Grande Armoire en bois sculpté, datée au sommet 1621, composée de huit panneaux portant au centre des têtes en haut-relief.

135. — Petite Table, style Louis XIII, à pieds tournés ($1^m \times 0^m,60$).

136. — Une autre, à pieds tors ($1^m,15 \times 0^m,62$).

137. — Commode Louis XVI à dessus de marbre gris des Pyrénées, garnie de bronzes.

138. — Vitrine hollandaise à portes vitrées et trois tiroirs, en marqueterie.

139. — Petit Meuble crédence en bois sculpté (*parties anciennes, parties modernes*).

140. — Bahut à hauteur d'appui, en bois sculpté, style Louis XIII.

141. — Harpe en acajou, d'époque Louis XVI, ornée de bronzes dorés et finement ciselés (en mauvais état).

142. — Armoire normande, style XVIIIe siècle, finement sculptée et vitrée à la partie supérieure.

143. — Table bouillotte époque Louis XVI, en acajou, cannelée de cuivres.

144. — Deux Fauteuils d'époque Louis XIV, bois sculpté, recouverts en tapisserie.

145. — Un Fauteuil en bois sculpté, d'époque Louis XV.

146. — Un autre, d'époque Louis XVI.

147. — Une Chaise d'époque Louis XIV, en bois sculpté.

148. — Une Chaise de style Louis XIV, en bois sculpté, cannée.

149. — Une Chaise Louis XIII, recouverte en ancien cuir de Cordoue.

150. — Deux Chaises Louis XIII, en bois sculpté.

151. — Glace de Venise, avec, au fronton, une gouache signée Hoguet, 1852.

152. — Un Piano droit d'Erard, n° 35459.

153. — Un Bureau palissandre, intérieur chêne.

154. — Un Fauteuil de bureau, cuir uni.

TAPISSERIE

155. — Tapisserie flamande, dite verdure à oiseaux, avec toute sa bordure.

Hauteur 2^m,40. Largeur 5 mètres.

PENDULES — BRONZES — OBJETS DIVERS

156. — Pendule de bureau, époque Louis XIII-Louis XIV.

157. — Pendule marbre et bronze doré, époque première partie du XIX° siècle.

158. — Une Garniture de cheminée composée d'une pendule et deux candélabres à quatre lumières, marbre blanc et bronze. Sur la pendule, un bronze patiné signé : Cumberworth; sujet : Moïse sauvé des eaux.

159. — Une Pendule en forme de pyramide, en marbre blanc et bronzes dorés, surmontée d'une sphère astronomique, socle en marbre bleu turquin.

160. — Pendule droite en marqueterie de Boulle, signée : Beliard, à Paris.

161. — Un Bronze : Jeanne d'Arc, signé : T. Ghester.

162. — Un Bronze, signé P.-J. Mène. Sujet : Brebis allaitant.

163. — Un Bronze : La Madeleine au désert.

164. — Un autre : Sainte Monique.

165. — Paire de flambeaux, argent repoussé, XVIII° siècle.

166. — Bénitier en bronze, sur croix rehaussée d'émail cloisonné.

167. — Un Bronze : Chien épagneul, signé P.-J. Mène.

168. — Deux Bronzes argentés, se faisant pendant; sujet : Exercices d'assouplissement. Epoque, fin du second Empire.

    Hauteur, 0^m,34.

169. — Petite Lanterne, style Louis XIII, en cuivre
repoussé, verrines en couleurs et bombées.

170. — La Cloche dite de Saint-Pierre de Rome,
avec son plateau, bronze italien.

171. — Petite Lampe des Abbruzes en terre cuite, à
médaillons en relief.

172. — Un Vase poterie étrusque.

173. — Saint Nicolas, patron des enfants, cire ornée,
travail italien.

174. — L'Amour et le Dauphin. Terre cuite de
Naples.

175. — Coffret à bijoux en fer forgé, avec médaillons, époque Louis XIII.

176. — Un autre, époque Louis XIV.

177. — Sainte Elisabeth, petite statuette bronze.

178. — Un Bénitier : le Baptême du Christ, époque
Louis XIV.

179. — Un Vase en ancien bronze du Japon.

180. — Un cadre plein en bois sculpté et peint, niche
au centre, avec petite madone en métal,
travail italien.

181. — Saint Thomas constatant la blessure de Jésus,
travail sur bois.

182. — Cadre, d'époque Louis XIV, en bois sculpté et
doré.

183. — Saint Pierre, statuette ivoire.

Hauteur, socle non compris : 0^m,26.

184. — Adam et Eve, bois sculpté en haut relief,
d'après A. Dürer, daté 1564.

185. — Statuette annamite en bois sculpté.

186. — La Fête des Rois au monastère, bois sculpté
ancien, travail flamand.

187. — Cadre bois sculpté.

188. — Statuette d'apôtre, bois sculpté.

189. — La Sainte Cène, bois sculpté et décoré; composition de treize figures assises : époque du XVIIe siècle.

190. — Peigne d'époque Louis XVI à fine ciselure, orné de quantités de petites perles rondes.

191. — Objets de vitrine : miniatures, boîtes, montres, breloques, bonbonnières, médaillons, bibelots chinois, éventails, objets divers.

192. — Un Mannequin d'artiste.

193. — Chevalet en chêne à double face, vis montante et tablette à aquarelle.

194. — Un Lot d'armes et quelques serrures anciennes, vitraux anciens.

195. — Visite de Sainte Elisabeth, émail peint et signé Nouailher, émailleur.

196. — Email limousin : La Descente de Croix, travail primitif.

197. — Petit Lot de bronzes antiques.

198. — Un Lot de terres cuites, pièces usuelles, époque gallo-romaine.

199. — Objets divers.

LIVRES

200. — **Environ 500 volumes anciens et modernes, littérature, beaux-arts, livres illustrés, etc., parmi lesquels on remarque :**

Recueil d'antiquités, etc., 8 vol. ; — *Thrésor de Dévotion*, Douai, 1574, avec figures sur bois ; — *Office de la Semaine sainte*, reliure en maroquin ; — *Sainte-Bible*, avec figures de Marillier, 12 vol. ; — Siret, *Dictionnaire des Peintres*, 2 vol. ; — Gonse, l'*Art japonais*, 2 vol. ; — l'*Art gothique*, 1 vol. ; — *Ouvrages sur la céramique, la curiosité ;* — Balzac, *Œuvres*, 20 vol. ; — Musset, *Œuvres*, 10 vol. avec photographies ; — Challamel, *Histoire-Musée de la République française*, 2 vol. ; — *Le Diable à Paris*, 2 vol. ; — *Paris-Londres ;* — *Paris-Illustrations ;* — *Œuvres* de Molière, Corneille, Racine ; — *Télémaque*, 2 vol., etc.

MATÉRIEL D'AMATEUR

Mécanique, Photographie, etc.

Versailles. — Imprimerie AUBERT, 6, avenue de Sceaux.